Alwin Freund

Ein alter Knacker

Alwin Freund

Ein alter Knacker

GEDICHTE

edition fischer
im
R. G. Fischer Verlag

Die Fotografie auf dem Umschlag zeigt den Autor mit seinen Enkelkindern

Die Deutsche Bibliothek - CIP-Einheitsaufnahme
Ein Titeldatensatz für diese Publikation ist bei
Der Deutschen Bibliothek erhältlich

Orber Str. 30, D-60386 Frankfurt/Main

Schriftart: Savoy 11'
Herstellung: Satz*Atelier* Cavlar / NL
Printed in Germany
ISBN 3-8301-0237-2

Mit 60 beginnt die Jugend des Alters

Alwin Freund

INHALT

Glück

Ein alter Knacker schaut zurück
auf's lange Leben. »Was war Glück?«
beginnt er sich jetzt oft zu fragen
an vielen, vielen langen Tagen.
Glück war in seiner Kinderzeit
bei Mutter die Geborgenheit.
Glück war, als er im Sommer heiß
geschenkt bekam ein kühles Eis.
Glück war die bunte Kinderschar,
die Tag für Tag versammelt war.
Glück war, als er mit Roller gar
der Meister auf der Straße war.
So zählt im Geist er weiter auf
kleine Erlebnisse zuhauf.
Die Stückzahl wird schnell riesengroß
und er bemerkt fast fassungslos,
wie oft er in den Lebensstunden
Glücksgefühle hat empfunden.
Dieses gilt, ganz ohne Frage,
auch für seine alten Tage.
Urplötzlich wird es ihm bewußt:
Glück lebt nur in jener Brust
bei Menschen, die sich stets von neuem
über die kleinen Dinge freuen.

Zeit

Ein alter Knacker spricht: Die Zeit
hat mich nicht mehr in ihrer Hand.
Ich bin von ihrem Zwang befreit,
das ist mein Glück im Ruhestand.
Als Kind, da war das Elternpaar
der letzten Freiheit stets im Weg,
es dirigiert die Kinderschar.
Auch in der Schule war es so.
Das Leben lief nach Stundenplan.
Frei war er nur mal auf dem Clo,
da machte ihn kein Lehrer an.
Beim Wehrdienst war der große Schrecken
das grausam schrille, frühe Wecken,
und überhaupt die Disziplin,
die machte ihm sein Ich-Sein hin.
Dann im Beruf, auch in der Ehe
trat ihm so mancher auf die Zehe.
Jetzt fängt das Leben richtig an:
Allein macht er nun seinen Plan,
wie er den Tag, das Jahr verbringe
und er genießt nun all die Dinge,
die ruhten tief in seinem Herzen,
auf die er oft mit großen Schmerzen
in seinem Leben musst verzichten,
weil Vorrang hatten Tagespflichten.
Nun aber blüht er sichtbar auf,
freut sich auf seinen Tageslauf.
Doch bald stellt er erschrocken fest,
dass ihm sein Zeitplan kaum noch lässt
eine Minute zum Verschnaufen.
Die Freizeit wird zum Scheiterhaufen.
Die Zeit, das ist des Schicksals Kniff,
hat ihn schon wieder fest im Griff.

Rezepte

Ein alter Knacker trinkt gern Wein
und fröhlich schwört er Stein und Bein,
dass solch ein Schoppen Tag für Tag
ihn jung erhält, ganz ohne Frag.
Ein andrer Knacker Knoblauch isst,
wird so zum Nasen-Terrorist;
doch glaubt er felsenfest daran,
dass er so länger leben kann.
Auch Knacker drei, von früh bis spät
verspeist viel Körner, nach Diät.
Er meint, dass diese Schwelgerei
der Weg zur ew'gen Jugend sei.
Dazu hat auch der Knacker vier
für sich ein Jungbleib-Elixier:
Weil's ungut ist, wenn er nur hockt
hält er sich fit, indem er joggt.
Der Knacker fünf ist extraschlau
und weiß deshalb auch ganz genau,
dass er die Hundert locker schafft
durch vieler Pillen Wunderkraft.
Und Knacker sechs, ja der ist toll,
er pumpt sich prall mit Wasser voll.
So wird die Haut stets neu geliftet
und alles Innere entgiftet.
Rezepte gibt's wie Sand am Meer,
ganz neue und von altersher.
Doch niemand kennt den wahren Grund,
weshalb so manche kerngesund
und andere zu allen Zeiten
an irgendeiner Krankheit leiden.
Der Knacker fühlt als kluger Mann:
Gesundheit keiner kaufen kann.
Solch ein Supermarkt auf Erden

muss erst noch erfunden werden
und schenkt sich fröhlich lachend ein
sein abendliches Gläschen Wein.

Der Schrumpf-Anzug

Ein alter Knacker spürt erstaunt,
dass ihm sein Anzug nicht mehr passt.
Nun ist er wieder schlecht gelaunt -
wie er dies Engerwerden hasst!
Und dies passiert ihm Jahr für Jahr.
Er kann die Knöpfe nicht mehr schließen,
die Ursache ist wahrnehmbar:
Man sieht sein Bäuchlein üppig sprießen.
Er müht sich ab und schränkt sich ein,
gewiss, er ist ein guter Esser.
Doch eines möcht' er gar nicht sein:
Ein hemmungsloser, dicker Fresser.
Der Schrumpfanzug wird so zur Schmach,
die eigene Schuld sieht er nicht ein,
er kämpft gegen das Ungemach
und leidet manche Seelenpein.
Doch eines Tages steht er stumm
vor seinem Kleiderschrank im Zimmer,
in seinem Hirn dreht sich herum
ein spürbarer Erkenntnisschimmer:
Sein schöner alter Kleiderschrank,
in dem manch' Hausfreund suchte Schutz,
der ist ganz sicher umweltkrank,
steckt voller Pilze, Gift und Schmutz.
Es kann doch gar nicht anders sein:
Sein Schrank, der ist total versumpft,
ein Virus nistet sich dort ein
und sorgt, dass jeder Anzug schrumpft.

Rekordsucht

Ein alter Knacker, gut im Sport
holte so manchen Sport-Rekord.
Im Alter hört dies leider auf.
Das ist nun mal der Dinge Lauf.
Der Knacker trägt daran sehr schwer,
Rekorde machen fehlt ihm sehr,
und als er schließlich achtzig ist,
erwacht in ihm der Optimist.
Er strebt jetzt nach dem Alt-Rekord
in seinem heimatlichen Ort.
Er faxt herum, und aufgedreht
fragt er sich durch das Internet.
Da hört er, staunend wie ein Kind,
dass zehn Personen älter sind.
Der Wettlauf, denkt er, wird wohl schwer,
verbissen läuft er hinterher.
Fortan lebt er total gesund,
und sein innrer Schweinehund
wünscht von Herzen all den andern,
vor ihm gefälligst abzuwandern.
Da ist zur rechten Zeit zur Stelle
aus Asien eine Grippewelle.
Die rafft gar viele Alte fort;
doch unser Knacker bleibt verschont
und wird auch noch dafür belohnt:
Er wurde Ältester am Ort.

Wahl

Ein alter Knacker geht zur Wahl;
doch in seinem Wahllokal
steht er vor der Qual der Wahl:
Der Parteien große Zahl
findet er katastrophal.
Wer führt uns aus dem Jammertal?
Wählt er die, die an der Macht,
hat nichts Neues er vollbracht.
Wählt er die nach oben wollen,
fragt er sich, was die da sollen.
Schließlich hat er oft erlebt,
dass jeder fest am Sessel klebt
und meisterlich beherrscht die Masche:
Erst mal in die eig'ne Tasche!
So hat er listig mit Bedacht
auf jedes Feld ein Kreuz gemacht.
Die ganze Wählerschaft im Land
diesen Trick so glänzend fand,
dass jeder, wie der Knacker sachte
auf jedes Feld ein Kreuzchen machte.
Ungültig war dadurch die Wahl,
für die Parteien sehr fatal.
Der Knacker aber war so frei
und gründete die Grau-Partei,
und die bekam bei nächster Wahl
die allerhöchste Stimmenzahl,
ergreift sofort im Land die Macht
und hat als erstes eingebracht
ein Gesetz, nach dem geschwind
die Renten zu verdoppeln sind.

Wasserkraft

Ein alter Knacker auf der Straße
spürt starken Druck in seiner Blase.
Die schwillt bald sehr gewaltig an,
zu viel selbst für den stärksten Mann.
So schaut er scheu sich suchend um,
doch überall ist Publikum,
kein Restaurant, auch kein Café,
die Blase tut schon mächtig weh.
Er rennt, ja rast raketenschnell,
tritt zwischendurch auch auf der Stell'.
Er flucht, ruft zitternd: »Zapperlot,
jetzt komm' ich bald in höchste Not!«
Und grad' in diesem Augenblick
passiert ihm noch das Missgeschick,
dass, wie vom Winde hergeweht
eine Bekannte vor ihm steht.
Sie strahlt ihn herzlich lachend an;
doch der vom Druck geplagte Mann
lässt die Verblüffte eiskalt stehn,
ruft nur: »Mir eilt's« im Weitergehn.
Die Frau, beleidigt, blickt ihm nach,
wünscht wütend ihm ein Ungemach.
Und alles nur, weil sie nicht wusste,
dass er so dringend einmal musste.

Jugendliebe

Ein alter Knacker denkt verklärt
ans Jugendliebchen, längst verjährt.
Es war die süße, kleine Hanne.
Doch nach Jahren kam die Panne,
als Knackers Eltern zogen aus
in eine ferne Stadt hinaus.
So kam das Auseinandergehn.
Es gab auch nie ein Wiedersehn.
Nach 50 Jahren aber hört
der Knacker, sogleich neu betört,
dass Hannchen in der fernen Stadt
ihn auch noch nicht vergessen hat.
Sie lebt als Witwe ganz allein
und Knacker denkt, wie wird es sein,
plötzlich vor ihrer Tür zu stehn -
was wird das für ein Wiedersehn!
Nach wochenlanger Seelenpein
steigt er in den Expresszug ein,
fährt viele Stunden durch das Land,
gerät fast außer Rand und Band,
als er erreicht sein fernes Ziel
und eilt zu Hannchens Domizil,
durchstöbert wie ein Wilder
die vielen, kleinen Namensschilder.
Als er Hannchens Namen findet,
sich zum Klingeln überwindet,
da sagt sein Innres plötzlich »Halt!«
und eine finstre Allgewalt
hält ihn vom Klingelknopf zurück.
Die Stimme sagt: »Dein Jugendglück
erhalt dir weiter nur im Traum
wie ein Frühlings-Blüten-Baum.«
Der Knacker noch ein Weilchen steht

still vor der Tür, dann aber geht
er schweigend seinen Weg zurück.
Im Herzen bleibt das Jugendglück.

FREUDENTAG

Ein alter Knacker, an manchen Tagen
fühlt er sich voller Wohlbehagen.
Es jubelt toll in seiner Brust,
auch sonst hat er auf alles Lust.
Es könnte ihm sogar gelingen,
die ganze Erde zu umschlingen.
Da er allein, eilt er hinaus
und breitet seine Arme aus,
und auf ihn zu strebt eine Frau
von sagenhaftem Körperbau.
Sie prallt auf ihn mit voller Wucht,
als litte sie an Männersucht.
Nachdem der Aufprall gut geglückt,
hat sie der Knacker fest gedrückt
und hat dann schließlich, fast vertraut,
in ihre Augen reingeschaut.
Und was darin zu lesen war,
das war den beiden sehr schnell klar:
Er nahm sie in die Wohnung rein
und blieb seitdem nicht mehr allein.

Abfall

Ein alter Knacker denkt, wie froh
war ich doch früher im Büro!
Die Tür zu ihm ging auf und zu,
man ließ ihn selten mal in Ruh.
Er musst entscheiden, dies und das,
man brauchte ihn ohn' Unterlass.
Und sein Chef, Direktor Pulter,
klopfte ihm oft auf die Schulter
und lobte seine Schaffenslust.
Das aber wölbte Knackers Brust!
Doch als dann kam der Ruhestand,
bracht ihn dies fast um den Verstand,
denn sozusagen über Nacht
fiel er in einen dunklen Schacht.
Kein Leben mehr um ihn herum,
im Hause war es still und stumm.
Seine Wohnung und die Frau
wurden ihm zum Nervenklau.
Mit einem Freund im Nachbarhaus
sprach er sich endlich einmal aus.
Der sagte ihm: »Mein lieber Sohn,
das war nur deine Position,
die dich so groß und mächtig machte
und die den warmen Beifall brachte.
Sobald du bist vom Thron herunter,
schluckt dich die Spüle ganz hinunter
und wenn du dann unter der Haut
nicht neue Werte aufgebaut,
hast du dein Leben ausgeträumt
und wirst als Abfall weggeräumt.«

Lebenslauf

Ein alter Knacker liegt im Bett
schön zugerichtet, ganz adrett.
Doch dieses Bild ist sehr geschwindelt,
denn dieser Knacker wird gewindelt.
So liegt er schon seit langer Zeit,
und seine Lebensherrlichkeit
von einem letzten Hauch von Glück
erlebt er, wenn er schaut zurück.
Das tut er oft, mal froh, mal bang
bei Tag und Nacht, meist stundenlang,
denn rund ums Bett die Welt ist klein,
ein arg begrenztes Menschen-sein.
Es kommt die Frau, es kommt der Sohn,
sie unterbrechen seine Fron.
Und seine Augen strahlend sind,
erblickt er mal sein Enkelkind.
Dies sitzt gepampert, lieb und nett
auf Opas weißem Krankenbett.
Es ahnt nicht, dass der alte Mann
sich nicht mehr selbst entsorgen kann
und er - oh welche Lebenslist -
genau wie es gepampert ist.
So hört so mancher Lebenslauf,
wie er begonnen, wieder auf.

ENKEL

Ein alter Knacker hat zwei Enkel,
die drücken kräftig seine Schenkel
und toben, von Gewicht recht schwer,
mit Opa pausenlos umher.
Hör'n sie dann endlich auf zu tummeln,
muss Knackerchen an Knöpfchen fummeln,
Video- und Computerspiel
davon verstehn die Enkel viel.
Doch Knacker-Opa steht davor
wie einst der Ochs vorm neuen Tor.
Ach, dies bereitet ihm Verdruss,
er ringt sich durch zu dem Entschluss:
Um vor den Enkeln zu besteh'n,
wird er zu einem Lehrgang geh'n.
Dort lernt er mit enormem Schwung
die Kunst der Knopfbetätigung.
Mit seinem neuen Wissensglück
schlägt Knackerchen brutal zurück,
zeigt seinen Enkeln Tastenträume,
zum Himmel wachsen Technik-Bäume.
Die Wohnung stöhnt gerätevoll,
der Knacker wird computertoll.
Bevor er steigt ins kühle Grab
holt Petrus ihn als Software ab.

Jugendkraft

Ein alter Knacker, gut im Saft,
verspürt erneute Jugendkraft.
Es juckt ihn hier, es juckt ihn da,
es ist ihm nicht nach Opapa!
Im Gegenteil, er schaut herum
nach Mädchen, wird zum Gaudium
und wird als junger Herzenspächter
im ganzen Ort zum Spottgelächter.
Doch siehe da, was erst nur Spiel,
wird bald für ihn ein festes Ziel.
Ein Mädchen, wunderschön und hold,
bringt ihn weit über 1000 Volt.
Er wirbt um sie mit heißer Glut -
kein Junger könnt's genauso gut.
So geht sie schließlich, ganz entflammt,
beglückt mit ihm zum Standesamt.

Die Grübel

Ein alter Knacker in der Nacht
spürt sehr deutlich, wie mit Macht
die Grübel in sein Hirn marschieren,
sich dort tausendfach summieren.
- Grübel sind die kecken Recken,
die im Hirn das Grübeln wecken. -
Wer sie erlebt, der leidet sehr,
wälzt sich mit ihnen hin und her.
Dem Knackerchen, dem geht's jetzt so,
sieht Schattengeister gleich en gros
und stürzt in sturmgepeitschter Nacht
von einem in den andern Schacht.
Felssteine poltern auf ihn runter,
er jammert laut: »Die Welt geht unter!«
Da rafft er sich noch einmal auf,
springt aus dem dunklen Schacht herauf,
er saust, er rennt, läuft weit zurück,
sucht Halt an einem fernen Glück
und sieht sich plötzlich - abgehetzt -
in seine Jugendzeit versetzt:
Ein Sommertag, im Park die Bank,
darauf ein Mädchen, schön und schlank,
und er daneben - glücksbesessen -
da sind die Grübel schnell vergessen.
Er hat den Grübeln nichts verübelt,
schläft selig ein, total entgrübelt.

Kur

Ein alter Knacker sichtbar schwankt,
sein linkes Bein an Rheuma krankt.
Und weil sein Zustand desolat,
schickt ihn sein Arzt zur Kur ins Bad.
Er wohnt im Park- und Kurhotel,
wohltuend nah am heißen Quell.
Dort sitzt er anfangs recht verdrossen
im Badebecken und verschlossen
gegenüber all' den andern.
Doch bald lässt er Blicke wandern
zu den Köpfen und Figuren,
die mit ihm zusammen kuren
und die in einem bunten Reigen
mit ihm ins Badewasser steigen,
sich dort, manchmal mit großer Mühe,
ein Plätzchen suchen in der Brühe.
Da wallt ganz plötzlich eine nette,
sehr runde, kleine, dicke Fette
auf den Platz an Knackers Seite.
Mit kolossaler Oberweite
bedrängt sie ihren Nachbarn sehr.
Beunruhigt rückt er hin und her.
So kommt es, dass ihr rechtes Bein
- und offenbar ganz ohne Pein -
sein linkes Bein hautnah berührt,
was augenblicklich dazu führt,
dass sie sich eifrig unterhalten,
das Krankheitsbild von sich entfalten.
Bald wissen sie - noch recht verzagt -
dass beider Beine Rheuma plagt.
Sie setzen die Gespräche fort,
wechseln dafür auch mal den Ort
vom Speiseraum schnell in die Bar,

retten sich endlich vor der Schar
der Leute – die Idee ist nett –
flugs in der Fetten Himmelbett.
Dort flüstern sie verliebt und leis,
danach wird's beiden ziemlich heiß.
Das hält nicht mal das Rheuma aus
und flieht aus ihren Beinen raus!

Zwei Millionen

Ein alter Knacker tippt und tippt
im Toto-Lotto Jahr um Jahr,
und jeden Samstagabend nippt
er an Millionen Mark in bar.
Doch niemals kommt der große Schluck
und niemals klingt das Telefon.
Doch stets gibt er sich einen Ruck:
Beim nächsten Mal, da schaff' ich's schon!
Er setzt sich trotzig jetzt ein Ziel:
Zwei Millionen müssen's sein.
Die sind, so meint er, nicht zu viel
als Gegenwert zum Lottoschein.
Er sieht sich stolz als Geld-Vulkan,
der um sich rum Moneten sprüht
und bastelt am Verteilungsplan
für diesen Schatz, der nie verglüht.
Er prägt sich Stunden in der Nacht
die Namen der Beschenkten ein,
die er zu reichen Leuten macht -
ja, das gefällt ihm ungemein.
Er aalt sich im Bewunderungsbad,
nimmt Dankesorgien lächelnd an,
wird so zum Beifall-Nimmersatt
als hochspendabler edler Mann.
Er glaubt so fest an diesen Traum
und merkt gar nicht, dass alles Schaum.
Als dann der Tod hinter ihm steht,
ist er zum letzten Gang bereit
und schließt die Augen, stolzdurchweht,
als Lotto-König seiner Zeit.

Dank

Ein alter Knacker, im Kopf noch klar,
nimmt täglich sehr betroffen wahr,
dass hintenrum von ihm man spricht:
»Er lässt stark nach - und merkt es nicht.«
Der Knacker spürt mit wachen Sinnen:
Die Freunde machen sich von hinnen.
Für all' die andern, die noch jünger,
ist er nicht mehr als Friedhofsdünger.
Was er getan, ist längst vergessen.
Man hält ihn gar noch für vermessen,
wenn er verweist auf jene Zeiten,
in denen er im großen, weiten
Kreis der Freunde nützlich war
und ihm die Verehrerschar
oft die Hände schmerzhaft drückte
und er froh in dankverzückte
Augen der Beschenkten sah. -
Ja, Vorteil bringt dir Menschen nah!
Jetzt schenkt der Knacker nur im Sterben
noch einmal Vorteil - für die Erben!

Hummer

Ein alter Knacker hatte Kummer,
weil seine Männlichkeit erschlafft.
Da sagt' man ihm, dass mit viel Hummer
erneut erwacht die Manneskraft.
Nun geht er öfter teuer speisen
ins First-Hotel in seiner Stadt.
Zwar schwindelt ihm vor diesen Preisen,
die solch ein Hummeressen hat.
Bei seinem Ziel wird es sich lohnen,
glaubt er und futtert hemmungslos
in sich hinein Riesenportionen
von Hummern; doch es streikt sein Schoß.
Sein Girokonto schmilzt zusammen,
schließlich ist er ja Rentner nur.
Und so beginnt er zu verdammen
die Männer-Aufbau-Hummer-Kur
und kommt auf den Erkenntnis-Punkt,
dass es im Alter seltner funkt.

VERMARKTUNG

Ein alter Knacker, hochbetagt,
von keinem Menschen mehr gefragt,
sitzt nur im Sessel stumm herum,
als säß er im Panoptikum.
Ein Manager, im Trend der Zeit
und zu Geschäften stets bereit,
hat einen Einfall ganz famos:
Da Nostalgie heute so groß,
eröffnet er die Leihanstalt
für Opas, die besonders alt
und die er allen opalosen
Familien ausleiht zum Liebkosen.
Für einen Hunderter und mehr
gibt er den lieben Alten her.
Der hat fortan Beschäftigung,
erntet gar viel Bewunderung
und kassiert verschmitzt dafür
einen Teil der Leihgebühr.

Telefon

Ein alter Knacker, ganz allein
in seiner Wohnung, schläft oft ein,
wird aber manchmal - leicht erschreckt -
von seinem Telefon geweckt.
Er hebt den Hörer hoffend auf,
nimmt Falschverbindung still in Kauf;
doch ist er immer sehr beglückt,
vom öden Alltag weit entrückt,
wenn er mal eine Stimme hört,
die freundlich, liebevoll betört.
Das könnte jeden Tag so sein,
per Telefon ein Stelldichein.
Doch an vielen Tagen seines Lebens
wartet er darauf vergebens.
Die alten Freunde und Verwandten
und die sonstigen Bekannten,
ja auch die Tochter und der Sohn
sparen gar sehr am Telefon.
Dem Alten, denkt die junge Brut,
dem geht's doch sowieso sehr gut
und sollt' ihm mal etwas passieren
dann kann er ja - telefonieren.

Verkehr

Ein alter Knacker nimmt galant
sein »altes Mädchen« an die Hand.
Man sieht, die beiden torkeln sehr
gewagt durch den Großstadtverkehr.
Sie bremst bei Rot, er aber will
gerade jetzt hinübergehen;
das Auto – denkt er, bleibt schon stehen.
So trotzt er mit erstarrtem Sinn,
zieht wild sein Frauchen mit sich hin.
Es knallt – nun torkeln sie nie mehr
gewagt durch den Großstadtverkehr.

Allein gelassen

Ein alter Knacker geht zu Bett;
doch findet er es gar nicht nett,
dass er dies tun muss ganz allein:
Es fehlt ihm Ottis kühles Bein.
Sein Frauchen kroch oft zitternd kalt
zu ihm herüber, suchte Halt
an seinem Körper, der schön warm.
So lagen sie sich Arm in Arm.
In seiner alten Knackerbrust
schlug dabei manchesmal die Lust,
und trotz der Liebe Altersschwund
genossen sie den Nahverbund.
Dies alles ist nun jäh vorbei,
im Bett gibt's keine Drängelei.
Seit Otti schweigend von ihm ging,
wird er nun fast zum Sonderling.
Wenn er so nachts um zwei, um drei
im Halbschlaf träumt von Liebelei,
drückt er das Kissen an sich ran
und fühlt sich als verliebter Mann.

Normalgewicht

Ein alter Knacker, stets zu fett
und dem Normalgewicht sehr fern,
findet den Zustand gar nicht nett;
aber was soll's, er isst halt gern.
Doch, wenn er bremst und programmiert:
Jetzt wird das Essen streng halbiert,
ist alles bald darauf vergessen,
und er schwelgt weiterhin beim Essen.
So treibt er es jahraus, jahrein,
stopft immer mehr in sich hinein
und sein Normalgewicht, sein Traum
schwebt nur als lockend Licht im Raum.
Doch eines Tages fällt er um,
liegt wochenlang todkrank herum
und als erlischt sein Lebenslicht,
da hat er sein Normalgewicht.
Ein Lächeln spielt um seinen Mund,
beglückt, weil er nun kerngesund.

Putzwut

Ein alter Knacker, wochenlang
liegt er nun schon im Krankenhaus.
Er denkt an seinen letzten Gang,
und seine Frau geht ein und aus,
sitzt endlos lang an seinem Bett
mit Augen, die fast tränenleer.
Da sie sehr reinlich und adrett,
quält sie jedoch der Umstand sehr,
dass ihre Wohnung stark verschmutzt
und alle Räume ungeputzt.
Ja, es tut ihr schrecklich leid,
dass sie zum Putzen keine Zeit.
Da macht ihr Mann den letzten Schnauf,
schließt für immer seine Augen.
Die Frau atmet erleichtert auf
und eilt nach Hause, um zu saugen.

Morgenstund

Ein alter Knacker, früh am Morgen,
geht fröhlich und ganz ohne Sorgen
über das frühlingsgrüne Land.
Da bleibt er stehen, sieht gebannt
am Himmel eine Lerche steigen.
Sie jubelt sich ins helle Himmelszelt.
Ein kleiner Punkt im Sonnenstrahlenreigen
und doch so groß wie eine ganze Welt!
In Knackers Hirn und Herz hat's da gefunkt:
Auch ich bin nur ein klitzekleiner Punkt.

Sülze

Ein alter Knacker, der Quallen nie gekannt,
fand diese massenhaft am Strand,
als er in früher Morgenstunde
am Meer entlang lief seine Runde.
Da rief er freudenstrahlend aus:
»Die sehn ja ganz wie Sülze aus!«
Da Sülze seine Lieblingsspeise,
aß er die Quallen reihenweise.
Im Schlund, im Magen und im Darm
wurd's hinterher ihm mächtig warm.
Das war, weil's draußen ziemlich kühl,
für ihn ein wohliges Gefühl.
Da er stets ein guter Esser,
wurde er als Quallenfresser
für eine Menge Extra-Geld
von der Verwaltung eingestellt.
Dann machte er als Schlemmerei
die ganze Nordsee quallenfrei.
Da kann man sehen, was sich ergibt,
wenn ein Knacker Sülze liebt.

Ruhelos

Ein alter Knacker wollte ruh'n;
doch der Drang, etwas zu tun,
plagte ihn von Tag zu Tag.
Nach des Lebens Müh und Plag
hatte er das Ruh'n verlernt.
Er fühlt sich innerlich entkernt,
von Kopf bis Fuß vollkommen leer,
blickt er gelangweilt um sich her,
sucht nach des Lebens tiefrem Sinn -
doch ganz umsonst. Er legt sich hin
ins Bett in seinem alten Haus
und haucht sein ödes Leben aus.

Offenbarungseid

Ein alter Knacker nicht mehr konnte,
dennoch tat er so und sonnte
sich in erträumtem Liebesglück.
Und er erzählte Stück für Stück
mit gewalt'gem Sinnesfeuer
seine Liebesabenteuer.
Bis dann eine ziemlich Forsche
auf ihn losfuhr wie ein Porsche,
fordert ihn zu einem Test,
ob der Knacker sattelfest.
Dabei verlor er seinen Schneid,
es kam zum Offenbarungseid.
Seit dieser sehr blamablen Stund
hält der Knacker seinen Mund.

Antrittsgeld

Ein alter Knacker wohnt sehr fern
von seinen Kindern, die er gern
ab und zu einmal besucht.
Doch er ist nicht sehr betucht,
und dieses Reisen hin und her
frisst seine Rentenkasse leer.
Den alten Knacker dieses schmerzt,
so denkt er nach, und ganz beherzt
folgt er der großen Sportler Spur
und sagt: Kinder, ich komme nur,
wenn ihr mir zahlt ein Antrittsgeld
wie's üblich ist in dieser Welt.

Frühlingswonne

Ein alter Knacker spürt die Wonne
der ersten, warmen Frühlingssonne.
Er sitzt am Tisch auf der Terrasse
und greift nach seiner Kaffeetasse.
Da fegt durch ihn ein toller Blitz,
er sinkt getroffen von dem Sitz
und liegt mit starrem, offnen Mund
auf der Terrasse - und im Schlund
steckt ihm ein Bröckchen Butterbrot.
Der Arzt stellt fest: Der Mann ist tot.

Botschaft

Ein alter Knacker trauert sehr:
Sein bester Freund, er lebt nicht mehr.
Er ließ ihn ganz allein zurück.
Ein lebenslanges Freundschaftsglück
ging so über Nacht zu Ende.
War das eine Lebenswende?
Gar oft weilt er an Freundes Grab,
weil der ihm das Versprechen gab,
falls er einmal zuerst dort oben,
will er sich melden von da droben.
Er möchte wissen, wie es war:
Gibt's wirklich eine Engelschar,
die ihn mit fröhlichem Gesang
bereitet einen Fest-Empfang?
Doch keine Nachricht ihn erreicht.
Ist's Sterben schwer oder ist's leicht?
Die Fragen stehn und stehn im Raum,
den Freund erblickt er nur im Traum.
Kein Schoppen mehr zur Dämmerstund,
kein gutes Wort aus seinem Mund.
Der Freund bleibt still für immerdar,
er hört auch keine Engelschar,
die ihm, der mit der Trauer ringt,
Botschaft von seinem Freunde bringt.
Er schaut und schaut und schaut nach droben;
doch keine Nachricht kommt von oben.

Zeiger der Zeit

Ein alter Knacker spürt: Die Zeit
läuft ihm hinweg - ist's bald soweit?
Er denkt, wie stopp ich Alter nur
die Zeiger meiner Lebensuhr?
Ob das ein Mann wohl wirklich schafft?
Doch wer hat soviel Muskelkraft?
Er joggt, stemmt Hanteln, superschwer,
die Kräfte wachsen mehr und mehr.
Mit prallen Muskeln neu bestückt
steht er vor'm Zeiger, drückt und drückt.
Die Adern schwellen riesig an,
und schließlich ist er drauf und dran.
Der Zeiger steht schon fast auf Halt;
doch da passiert's, dass mit Gewalt
er sich im Uhrwerk wild verharkt
und stirbt an einem Herzinfarkt.

Herzschlag

Ein alter Knacker spürt im Herz
aus heit'rem Himmel einen Schmerz.
Es bollert toll in seiner Brust,
als hätt' sein Herz gar keine Lust
gemäß dem alten Klopf-Kontrakt
zu schlagen im normalen Takt.
Er fragt, ob's Herz wohl grad' erwägt,
ob es für ihn noch weiterschlägt.
Denn schließlich, wenn es wirklich will,
steht's plötzlich und ganz einfach still.
Die Schrecksekunde ging vorbei,
der alte Knacker atmet frei
und hat nach dem erlebten Schock
auf Herzstillstand gar keinen Bock.

Nachbarschaft

Ein alter Knacker lebt allein
in einem Mehrfamilienhaus.
Er rührt sich sehr, kauft gerne ein,
geht täglich aus dem Haus heraus.
Doch rings um ihn die Menschenschar
nimmt ihn nur selten einmal wahr.
Und schließlich ist es dann passiert
in diesem »Sich-so-fremd-sein-Haus.«
Die Nasen wurden strapaziert,
denn irgendwo kroch Mief heraus:
An der Tür des alten Knackers
da roch es stark, im Übermaß,
nach den Resten eines Kackers
oder irgendwas von Aas.
Man rief endlich die Polizei,
die öffnete die Wohnungstür.
Das ganze Haus eilte herbei,
für sowas hat man sein Gespür.
Und alle, die versammelt waren
mit Augen groß und Nasen lang,
schrien auf wie schmetternde Fanfaren,
als sie ihn sahen tot im Gang.
Man sprach von ihm in Stadt und Land,
im Haus und auf der Gartenbank.
Denn plötzlich war er interessant
weil er, verwesend, schrecklich stank.

Rosenklau

Ein alter Knacker steht sehr spät
im Park vor einem Rosenbeet.
Wie Feuer ihm entgegenloht
ein Röslein, fein und dunkelrot!
Er denkt, das ist ja ganz genau
die Lieblingsrose meiner Frau.
Vorsichtig blickt er um sich her -
der Stadtpark ist erfreulich leer.
So ist der Dieb in ihm zur Stell',
er bückt sich tief und pflückt sehr schnell
die dunkelrote Rose ab
und setzt sich sehr beglückt in Trab.
Mit seinem Röslein, winddurchweht,
er bald vor seiner Liebsten steht,
geklaut und heimlich heimgebracht
sagt es: »Ich hab' an dich gedacht!«

Erben

Ein alter Knacker hatte Erben,
die waren weder lieb noch gut,
sie warteten nur auf sein Sterben,
das ging ihm mächtig in das Blut.
So begann er nachzudenken,
geschürt von inn'rer, heißer Wut.
Er hatte gar nichts zu verschenken
an Menschen, die zu ihm nicht gut.
Mit tollen Lebe-länger-Pillen,
die er am Tage mehrmals nahm,
verstärkte er den Lebenswillen,
wurde zum feurigen Vulkan.
Er feierte, fing an zu prassen,
reizte die Erben bis zur Glut -
und sie begannen, ihn zu hassen -
das aber tat ihm sichtlich gut.
Sie spürten die Gewissheit schwinden,
nach Knackerchens erhofftem Tod
sein Haus mit Schätzen voll zu finden
und sahen nur noch schwarz und rot.
Da begannen seine Erben,
weil's Leben ohne Sinn und Zweck,
reihenweis dahinzusterben -
der alte Knacker grinste keck.
So lebte er noch froh und heiter
und mit beträchtlichem Gewinn.
Den gab er nach dem Tode weiter
an eine junge Knackerin.

Trennungslust

Ein alter Knacker, anspruchsvoll,
hat plötzlich seine Nase voll
von seiner alten Ehefrau,
mit der er auf den Tag genau
ein dreißig-Jahre-Ehepaar
mit Hochs und Tiefs gewesen war.
Er pirscht sich mit grandiosem Schwung
an eine andre, die noch jung.
Doch als der Rausch verflogen ist,
erlebt er sich als Alpinist.
Nach Gipfeln kommt das tiefe Tal
und jedesmal im Tal die Qual:
der Neuerwerb ist ausgeschert,
die erste Frau ihn nicht begehrt.
Aus der vitalen Trennungslust
wird rabenschwarzer Trennungsfrust.
Zuletzt fühlt er sich nur noch wohl
vollgepumpt mit Alkohol.

Hahn im Korb

Ein alter Knacker, dem im Leben
große Erfolge nicht gegeben,
ging arg enttäuscht ins Altenheim,
zuerst sehr zögernd, wie auf Leim.
Ein Zimmer, Kochnische und Bad
beschlossen seinen Lebenspfad.
Zum Mittagsmahl im Speisesaal
begab er sich mit bittrer Qual,
und wo er hinsah, weit und breit
erblickt' er fast nur Weiblichkeit.
Für Frauen, die ihn stets verschmäht,
war er hier eine Rarität.
Sie drängten sich um ihn zuhauf,
als stünde er zum Ausverkauf.
An seinem Mittagstisch, die drei
verwöhnten ihn mit allerlei:
Ein Bratenstück, die Lieblingswurst,
ein Bierchen für den großen Durst,
und aus der Heimkonditorei
besorgten sie manch Leckerei.
Nach einem Leben - ganz allein -
genoss er, Hahn im Korb zu sein.
Er nippte hier, er probte dort,
ging auch einmal mit einer fort.
Er lebte munter, ja verwegen
und vermied, sich festzulegen.
Bis endlich, was wohl jeder wusste,
das kam, was einmal kommen musste:
Brigitte, eine ganz Charmante,
bekannt im Heim als Liebestante,
nahm ihn entschlossen fest zur Brust,
erweckte seine Sinneslust.
Was in Jahrzehnten er entbehrte,

Brigitte ihm gekonnt bescherte.
Mit »Hahn im Korb« war's nun vorbei,
es kam des Alltags Einerlei,
denn alle, die ihn einst verehrten,
ihm, eingeschnappt, den Rücken kehrten.
Brigitte ließ ihn auch in Ruh,
sie wandt' sich einem Neuen zu.
So stand er schließlich voller Pein
am Ende wieder ganz allein.

GELD-AUTOMAT

Ein alter Knacker ist beglückt,
weil ihn sein Enkel fast erdrückt
aus Freude über's Wiedersehn,
gern lässt er's über sich ergehen.
Wie schön, dass Opa und das Enkelkind
so inniglich verbunden sind.
Der Enkel drückt und drückt und drückt,
bis Opa endlich, ganz verzückt,
holt einen großen Geldschein raus -
da ist es mit dem Drücken aus!

Senioren-Runde

Ein alter Knacker, zum erstenmal
erlebt er die Senioren-Runde
in dem Senioren-Stammlokal.
Dort sitzen sie oft Stund um Stunde
zehn Mann hoch an dem runden Tisch,
erzählen, wie es einst gewesen,
erinnerungsschwer und schwärmerisch.
Es kommt auch zum Levitenlesen
über die Kumpels, die noch fern.
Da lästert man halt allzugern!
Der alte Knacker wundert sich,
dass alle kleben an dem Tisch
und keiner muss einmal hinaus
– das hält doch keine Blase aus! –
Er spricht darauf den Nachbarn an.
Und dieser sagt: »Mein lieber Mann,
wenn hier einer nach draußen wetzt,
dann wird sofort auf ihn gehetzt.«
Drum bleiben alle tapfer sitzen
und statt zu pinkeln tun sie schwitzen.

GESCHENKVERPACKUNG

Ein alter Knacker freut sich sehr
über das gewisse Flair
eines Geschenkes, hübsch verpackt
mit Schmuckpapier und glanzgelackt.
Er ist davon derart betört,
dass er die Verpackung nicht zerstört,
weil sie für ihn die wahre Kunst,
die er nicht dadurch schnell verhunzt,
dass er sie roh in Stücke reißt,
achtlos in den Papierkorb schmeißt
und nur, um das Geschenk zu sehn.
Das kann auch später noch geschehn.
Geschenke packt er nie mehr aus,
er macht ein Sammler-Hobby draus.
Als die Verwandten und Bekannten
diese Sammelsucht erkannten,
schenkten sie in bunter Fülle
nur noch eine leere Hülle.

Morgen am Meer

Ein alter Knacker sitzt am Meer,
ringsum der Strand ist menschenleer.
So früh am Morgen erlebt er pur
die stille Schönheit der Natur.
Aus dunklem Wasser steigt herauf
die Sonne, beginnt den Tageslauf,
wirft goldne Wellen vor sich her.
Den alten Knacker lockt dies sehr.
Langsam geht er ins Wasser rein,
schwimmt in den Glitzer-Strahlen-Schein,
er schwimmt und schwimmt ins frohe Glück
und kehrt nicht mehr zum Strand zurück.

Hundefreund

Ein alter Knacker kommt nach Hause,
und selbst nach kurzer Trennungspause
jault laut sein Hund, sprühend vor Glück,
freut sich, das Herrchen kehrt zurück,
springt stürmisch bis zur Schulter hoch
und fröhlich wedelnd, noch und noch.
Der Knacker denkt, wer zeigt schon heute
so leidenschaftlich seine Freude.
Vielleicht dereinst mal seine Erben,
wenn sie hören, er liegt im Sterben.

Zuteilung

Ein alter Knacker weiß Bescheid:
Die Lebenszeit wird zugeteilt.
Im Durchschnitt wird ein Mann zur Zeit,
wenn ihn kein Unglück früh ereilt,
nur vierundsiebzig Jahre alt,
So ist nun mal der Sachverhalt.
Damit diese Statistik stimmt,
Gevatter Tod schon vorher nimmt
gar viele aus der Lebensbahn,
so steht's in seinem Arbeitsplan.
Der Knacker rechnet, ist beglückt,
dass er dem Durchschnitt längst entrückt
und sich dessen eingedenk,
dass jeder Tag wird zum Geschenk.
Für ihn ist eine Stunde Zeit
die allergrößte Kostbarkeit.

Kurschatten

Ein alter Knacker, zweiundachtzig,
lebt im Kurbad, und er macht sich
als Schattenjäger einen Namen.
Von den von ihm betreuten Damen
legt er sich ein Register an.
Dafür braucht er noch einen Mann,
der die Groß-Kartei verwaltet
und seine Termine schaltet.
Bald drängten wie ein Wellenmeer
die Frauen zu dem Kurort her,
wobei der ganze Kurbetrieb
den Frauen Nebensache blieb.
Zum Rendez-vous reisten sie an
mit dem famosen Schattenmann.
Der Kurort, der sonst Gäste sucht,
war fortan laufend ausgebucht.

Geduld

Ein alter Knacker hört nicht gut,
das bringt die andren oft in Wut,
wenn er sie immer wieder fragt:
»Was hast du jetzt zu mir gesagt?«
Oder, wenn er ein Wort versteht,
aber den wahren Sinn verdreht.
Verschreibt der Arzt ein Stützkorsett,
versteht der Knacker Sülzkotlett.
Ja, wer verwechselt, was klingt ähnlich,
wirkt auf andre dumm und dämlich.
So eckt der arme, alte Mann
beim Unterhalten ständig an.
Geduld, so spürt er, ist sehr rar
verteilt unter der Menschenschar.
So sitzt er nur noch still und stumm,
selbst bei Besuch, im Zimmer rum.
Keiner kommt, fragt lieb und deutlich:
Dich zu sehen, Karl, das freut mich.

Kleckern

Ein alter Knacker öfters kleckert
beim Essen und wird angemeckert
von seiner Frau, die das nicht mag,
weil's Saubermachen ihre Plag.
Auch stört es ihren Schönheitssinn,
wenn's Müsli klebt am Doppelkinn
und weiter unten ungeniert
das blendend weiße Hemd verziert.
Der Knacker sagt: »Wenn ich esse,
dann esse ich und vergesse
dann alles um mich rund herum.
Da kümmert mich kein Publikum.
Wenn mein Gaumen schwelgt in Lust
und dabei auf Hemdes Brust
ein Tropfen Soße runter fließt,
dann denke ich, wer nicht genießt
und lustlos übt die Esserei,
nur der bleibt immer kleckerfrei.«
So speist der Knacker froh und heiter
und kleckert dabei munter weiter.

Falten

Ein alter Knacker weiß, die Falten
prägen das Gesicht der Alten.
Bei Männern sind sie anerkannt,
sie formen ein Gesicht markant.
Bei Frauen sind sie unerwünscht,
werden oft kunstvoll übertüncht.
Des alten Knackers liebe Frau,
genau wie er schon alt und grau,
leidet unter den Falten sehr,
nagen sie doch an ihrem Flair,
mit zarter Haut begehrt zu sein.
Seitdem sich Falten stellten ein,
ergänzt durch viele kleine Runzeln,
spürt sie das quälend spöttisch Schmunzeln
der anderen, die jünger sind.
Die Falten werden Sorgenkind,
das bleibt so bis zum Totenbett.
Doch dieses wird zum Bügelbrett.
Der Knacker schaut' ihr ins Gesicht
und traute seinen Augen nicht:
Friedvoll liegt sie dahingebettet,
die Faltenhaut total geglättet.

Sauna

Ein alter Knacker geht sehr gern
ins Sauna-Bad, nicht nur für Herrn.
Gemischte Sauna muss es sein.
Dort hat er oft ein Stelldichein
mit Männern, Frauen, alten, jungen
die alle locker, ungezwungen
recht hautnah dicht beisammensitzen,
um ihren Unrat auszuschwitzen.
Da jeder völlig unbekleidet,
der alte Knacker lustvoll weidet
mit seinen Augen hin und her
auf nackten Körpern, leicht und schwer,
auf Frauenbrüsten, runden, prallen
und solchen, die herunterfallen.
Auf Männer, die voll Eitelkeit
protzen mit ihrer Männlichkeit.
Pro Woche einmal geht das so.
Man kennt sich nackt von Hals bis Po.
Die Fremdheit ist wie aufgetaut,
man fühlt sich wohlig, hautvertraut.
Doch eines Tages in der Stadt
Knacker eine Begegnung hat.
Fröhlich spricht eine Frau ihn an:
»Hallo, wie geht es, junger Mann?«
Der Knacker stutzt: »Ich kenn Sie nicht!«
Da schaut sie keck ihm ins Gesicht
und kontert: »Jede Woche sitzen
wir in der Sauna, um zu schwitzen!«
Der Knacker lacht und sagt charmant:
»Ja, nackt hätt' ich Sie gleich erkannt!«

Schach-Traum

Ein alter Knacker spielt gern Schach,
das Spiel hält seine Sinne wach.
Da träumt ihm mal zur Osterzeit
eine kuriose Begebenheit:
Es klingelt schrill an seiner Tür.
Mit einer eleganten Kür
begrüßt ihn dort ein Osterhase.
Der Knacker gerät in Ekstase,
besonders, als der Hase fragt,
ob er ein Schachspiel mit ihm wagt.
Erstaunt lässt er den Hasen rein
und lädt ihn ein, sein Gast zu sein.
Der Knacker, aufgeregt und wach
beginnt das Osterhasen-Schach.
Das Spiel wogt heftig hin und her.
Den Knacker wundert dabei sehr,
- fliegt eine Figur hinaus,
wird im Handumdrehn daraus
- es sieht fast aus wie Zauberei -
ein fröhlich-buntes Osterei.
Achtzehn Figuren flogen schon,
als der Hase, mit Spott im Ton
sagt triumphierend: »Sie sind matt!«
Da ist der alte Knacker platt.
Ernüchtert wacht der Träumer auf
und fragt erstaunt: »Wo lieg ich drauf?«
Er liegt im Bett, die Glieder bleiern,
auf achtzehn bunten Ostereiern.

Film

Ein alter Knacker im Kino sitzt,
was er da sieht, ihn sehr erhitzt:
Ein Liebespaar auf vollen Touren.
Dagegen sind seine Amouren
schon ziemlich lahm und tiefgekühlt.
Doch nun erlebt er, dass es wühlt
im Inner'n und auch anderswo.
Der Knacker denkt, es kann nicht so
langweilig mit dir weitergehn.
So zieht er los, sich umzusehn
nach einer hübschen Weiblichkeit,
die so wie er ist tatbereit.
Bald entdeckt er eine tolle
attraktive, busenvolle
Frau, fast in der Nachbarschaft.
Da hat er sich schnell aufgerafft
und klingelt forsch an ihrer Tür,
bereit zu einer Liebeskür.
Die Tür springt auf, es sieht die Frau
den Alten lüstern vor sich stehn.
Sie denkt, ich seh wohl nicht genau,
knallt zu die Tür und lässt ihn gehn.
Der Knacker schäumt empört und wetzt
zum Kino hin und dort zerfetzt
er wutentbrannt das Filmplakat,
das ihn verführt hat zu der Tat.

Weltenraum

Ein alter Knacker denkt: Genieße
den blauen Tag voll Sonnenschein
und legt sich auf die grüne Wiese,
schläft dorten ruhig und selig ein.
Nach einer Stunde tiefen Schlafes
weckt ihn das Blöken eines Schafes.
Nun liegt er wach auf seinem Rücken
und schaut mit wachsendem Entzücken
ins tiefe Blau des Himmels rein.
Er spürt dessen Unendlichsein
und beginnt, sich abzuheben
von der Wiese festem Grund,
um mit einem Herzensbeben
zu stürzen in des Raumes Schlund.
Doch noch kurz vor dem Verlassen
der Erde kann er schnell erfassen
einen Strauch, und der hält wacker
den höchst erschreckten alten Knacker
vom Sturz ins tiefe All zurück.
Der jubelt auf: »Oh welch ein Glück!
Wie gut, dass unsre Erdenwelt
uns alle fest am Boden hält.«

Das letzte Mal

Ein alter Knacker fühlt mit Qual:
Vielleicht ist es das letzte Mal,
dass ich nach Mallorca fliege,
selig in der Sonne liege.
Ja, bei allen guten Dingen,
die ich jetzt noch kann vollbringen,
schleicht stets sich der Gedanke ein:
Wird es zum letzten Male sein?
Der Endlichkeit so tief bewusst
erfüllt mit Freude ihn die Brust.
Das Erlebnis wirkt viel tiefer,
er empfindet intensiver,
denn besser als ein Keinmal noch
ist jedenfalls das Einmal doch.

Das Sonnenloch

Ein alter Knacker, tatenfroh,
steht rum im Garten und denkt, wo
ist hier noch irgendwas zu tun.
Ein Plätzchen, um mich auszuruhn,
das - denkt er - brauch ich wirklich noch.
Vor allem eines, das mir nützt
und mich vor meinem Nachbarn schützt.
Denn diesen sieht er lieber nicht,
weil er ein ekler Bösewicht.
Ja, solch ein Plätzchen braucht er noch.
Er gräbt zunächst ein großes Loch,
er schaufelt, hackt mit großer Lust,
vertreibt damit den Nachbarfrust.
Indessen wird ihm auch bewusst:
»Wenn du in diesem Loche sitzt«
- er lächelt dabei sehr verschmitzt -
»dann - Gott sei's gelobt - sieht dich nicht
der nachbarliche Bösewicht.«
So baut er kuschelig und klein
den Sitzplatz in die Erde ein.
Dem Nachbar raubt's fast den Verstand,
als er entdeckte, dass verschwand
der alte Knacker spurenlos
in des Gartens Erdenschoß.
Das ließ dem Nachbarn keine Ruh,
er sprang entschlossen und im Nu
über den Zaun, und langsam kroch
er zu des Knackers Sonnenloch,
erblickte, wie mit frohem Sinn
der Nachbar träumte vor sich hin.
Er rüttelte den Knacker wach,
und das geschah ganz ohne Krach.
Im Gegenteil, anstatt zu hecheln

begannen sie sich anzulächeln.
Der Nachbar sagte: »Ich wusste nicht,
dass ich ein solcher Bösewicht
und du, um nicht zu seh'n den Schrecken,
dies Loch gebaut hast, zum Verstecken.«
Nun war dies alles schnell vergessen.
Sie holten Wein und wie besessen
tranken sie beide Flaschen leer,
genossen ihre Freundschaft sehr.
Und droben lachten Wolkenschimmel
am unendlich blauen Himmel.

Frauenübermacht

Ein alter Knacker, aufgebracht
über der Frauen Übermacht,
die weltenweit zu spüren ist
und immer weiter um sich frisst.
Bei Ausflugsfahrten mit dem Bus
erdrückt der Frauen-Überschuss,
und nachmittags im Stamm-Café
ist dominant die graue Fee.
Auch die beliebte Butterfahrt
ist längst schon eine Mutterfahrt.
Allüberall steht heut der Mann,
wo er auch hinkommt, hintendran.
Und weil den Knacker dieses stört,
ist er darüber so empört,
dass er nicht mehr verlässt das Haus
und einsam haucht sein Leben aus.
Und so wird die Statistik wahr,
dass größer wird der Frauen Schar.

Die Verschrumpelten

Ein alter Knacker ist verliebt
in seine Frau seit sechzig Jahren.
Er freut sich, dass es sie noch gibt,
wenn auch mit lohend weißen Haaren.
Es rührt ihn stets aufs tiefste an,
wenn sie, besorgt um ihren Mann,
vom Einkauf kommt dahergehumpelt
und ihr Gesicht, schon sehr verschrumpelt,
bei seinem Anblick fröhlich lacht,
als dächt sie an die Hochzeitsnacht.
Da sind die Falten weggebügelt,
des Knackers Herz wird neu beflügelt,
und ohne Worte sie empfinden,
wie felsenfest Jahrzehnte binden.

Die Rasur

Ein alter Knacker im Krankenhaus
sieht nicht besonders fröhlich aus.
Er soll morgen zu früher Stund
unter's Messer, der arme Hund.
Zwei junge Schwestern kommen rein,
und sagen leis: »Wir kommen nur
wegen der nötigen Rasur.
Alle Haare, zwischenbeinlich
müssen fort. Glatt und reinlich
muss die Haut am Morgen sein
untenrum, wie Elfenbein.«
Die eine Schwester flott rasiert,
die andere hält ungeniert
Knackers Kleinen in der Hand.
Diesen sanften Druck empfand
der alte Knacker wonnevoll.
So kam es, dass sein Kleiner schwoll.
Als dies die andre Schwester sieht,
wird sie sofort zum Ränkeschmied.
Sagt zur Kollegin, etwas heiter:
»Ulla, rasiere bitte weiter
und lasse mich jetzt halten
das Spielzeug von dem Alten.«

Unsterblichkeit

Ein alter Knacker, schon sehr alt,
hat das Gefühl, dass er bald kalt.
Jahrzehnte war er kerngesund,
zum Kranksein fand sich nie ein Grund;
doch als er schließlich achtzig war,
da kam gleich eine ganze Schar
von Krankheitsteufeln auf ihn zu.
Die Biester ließen keine Ruh.
Zuerst war es ein Nierenstein,
ein zweiter kam gleich hinterdrein,
und als besonderes Geschenk
schmerzt ihn sein linkes Hüftgelenk.
So kam des öftern dies und das.
Er fragte sich: Was soll denn das?
Er dachte nach und kam darauf,
dass irgendwann sein Lebenslauf
mal enden muss. Es lockt der Tod
mit einem Überangebot
an Möglichkeiten, sterbenskrank
zu landen auf der Todesbank.
Doch Knackerchens Immun-System
weist alles ab, wird unbequem
dem Tod. Der gibt es endlich auf,
zu stoppen Knackers Lebenslauf.
Und der nimmt an, ziemlich vermessen,
dass ihn der Tod total vergessen.
Und er genießt voll Seligkeit
das Glück seiner Unsterblichkeit.

Viagra

Ein alter Knacker, impotent,
wie man das so im Alter kennt,
nimmt dies mit tiefem, weisem Sinn
als schicksalhaft gegeben hin.
Zu seinem Troste denkt genau
so klug darüber seine Frau.
Doch weiter lebt das Glück zu zweit
mit einer sanften Zärtlichkeit.
In diesem Wohl-Zufrieden-Sein
schlägt hart wie eine Bombe ein
die Nachricht: Wer Viagra nimmt,
wird männlich wieder aufgetrimmt.
Der Knacker liest diesen Bericht
und ist sofort darauf erpicht,
das Wundermittel zu probieren
und ohne sich groß zu genieren
eilt er zur Apotheke hin,
hoffend auf neuen Lustgewinn.
Der Apotheker sagt vertraulich:
»Das Zeug wirkt wirklich sehr erbaulich,
doch beim Gebrauch ist darauf zu achten,
zwei Stunden vor dem ausgedachten
Duell die Pille einzunehmen.«
Auch soll er nicht darauf verzichten,
seine Frau zu unterrichten,
damit sie zu der rechten Zeit
für das begehrte Spiel bereit.
Seine Frau, total benommen,
hat ihn gar nicht ernst genommen
und war zu der geplanten Stunde
weit fort in einer Kaffee-Runde.
Der Knacker, zur gedachten Zeit
toll aufgewühlt und tatbereit,

eilt in der Wohnung hin und her,
das Warten war entsetzlich schwer!
Und schließlich hält er's nicht mehr aus,
verlässt mit großem Druck das Haus
und fällt dort wie ein wilder Speer
über ein junges Mädchen her.
So wurd' aus der erträumten Lust
zweijähriger Gefängnis-Frust.

Türkisch-Bad

Ein alter Knacker, sehr malad,
besucht deshalb ein Türkisch-Bad.
Damit es auch ein echtes sei,
fliegt extra er in die Türkei.
Nachdem man ihm so oft beteuert,
dass er darin wird runderneuert,
geht er mit großer Hoffnung hin
auf neuen Lebenslust-Gewinn.
Im mollig-warmen Badehaus
zieht man den Knacker völlig aus.
Dann wird er sanft und splitternackt
auf heißen Marmor draufgepackt.
Sein Körper, sichtbar alt-zerrüttet,
mit warmem Wasser überschüttet.
So liegt er lange und genießt,
wie man ihn warm und kalt begießt.
Weil's rundherum und in ihm heiß,
rinnt tausendfach geperlt der Schweiß.
Unter strahlend hellen Kuppeln
beginnt man seine Haut zu ruppeln.
Was in Jahrzehnten sich gesammelt
und was den Menschen so vergammelt,
wird hart und gründlich weggeschrubbt.
Der alte Knacker wird entpuppt.
Das Bad wirkt wie ein Wunder-Dünger,
es macht ihn jung und immer jünger.
Als er verlässt das Badehaus,
sieht er total verändert aus.
Da hält ein Cabrio haargenau
vor ihm, und eine junge Frau
lächelt ihn sehr begierig an
und sagt: »Wie wär es, junger Mann,
wenn wir zusammen ein Duett

spielten in meinem Himmelbett?«
Ach - leider war dies nur ein Traum
im glühend heißen Baderaum.

Haremswächter

Ein alter Knacker war so frei
und reiste schnell in die Türkei.
Er hörte, dass ein Haremspächter
suchte einen Haremswächter.
Der Knacker war noch fit und munter
und dachte sich, so mitten unter
Haremsdamen, knackig und drall,
da wär' er doch der Hahn im Stall.
Der Pächter schaute den Alten an
und dachte nach, ob er noch kann
das, was für Wächter streng verboten.
Er begann dann auszuloten:
Zwar ist der Knacker kein Eunuch,
wohl aber schon alt genug,
um beim Blick auf Weiberreizen
nicht mehr gefährlich aufzuheizen.
Der Knacker trat die Stelle an.
Die Damen spürten bald, er kann
und ließen sich sehr gern verwalten
von dem nimmermüden Alten.
Wenn sie zu ihrem Sultan sollten,
dann hörte der, dass sie nicht wollten.
Der Sultan war darob erstaunt
und schickte, zunächst gut gelaunt,
Späher in den Harem rein,
um den Grund für's Müdesein
seiner Damen rauszufinden.
Bald bekam er keinen gelinden
Schrecken und viel Wut im Bauch,
als er hörte, der Gebrauch
seiner Damen durch den Alten,
der sie sollte nur verwalten,
täg- und nächtlich üblich sei.

Den Sultan packt die Raserei.
Er führt den Knacker mit viel Hohn
zur öffentlichen Kastration.

Lebenssinn

Ein alter Knacker sucht vergebens
nach dem tiefren Sinn des Lebens.
Auf die Antwort, der ersehnten,
wartet er schon seit Jahrzehnten.
Irgendwann wird man geboren,
und wenn von Krieg und Krankheit ungeschoren,
wird man schließlich grau und alt
und eines Tages tot und kalt.
Der Tod wirkt wie ein Augenwischer.
In dieser Stunde kommt ganz sicher
die Antwort auf den Knacker zu:
Lichterhelltes Weiterleben,
nach dem viele Menschen streben
oder nur die ew'ge Ruh.

Menschheit

Ein alter Knacker wollte tun
für die Menschheit etwas Gutes.
Schon in der Jugend ließ ihn nicht ruhn
diese Stimme seines Blutes.
So schwang er sich mit Spott-Tiraden
gegen die Welt auf Barrikaden.
Doch merkte er gar allzubald:
Das Weltgeschehen macht nicht halt,
wenn einer oder ein paar mehr
umformen wollen das Menschenheer.
Die Menschheit nur verbessern kann,
wer bei sich selbst fängt erstmal an.
Wenn jeder sich in Ordnung hält,
dann ist in Ordnung auch die Welt.
Diese Erkenntnis schon sehr früh
dem Knacker kam. Er gab sich Müh,
gut zu sein in allen Sachen
- doch er muss darüber lachen -
denn, obwohl er mit aller Kraft
sich mühte, hat er's nicht geschafft.

Mitgefühl

Ein alter Knacker im Gewühl
der Großstadt sucht nach dem Gefühl,
das sich in Menschenherzen regte
und das man gern und stetig pflegte:
Ein Lächeln da, ein fröhlich Wort,
ein Hilfreichsein an jedem Ort.
Statt dessen treibt mit vollem Schwung
ein jeder Selbstverwirklichung.
Man eilt am Nächsten blind vorbei
macht mit Gewalt den Weg sich frei.
So denkt der Knacker mit Verdruss
stehend in einem Linienbus.
Der Bus ist total vollbesetzt,
die Leute müde, abgehetzt
sitzen und stehen stur und stumm
hautnah gedrängt im Raum herum.
So ist es oft im Nahverkehr.
Dem Knacker fällt das Stehen schwer,
und als er fast zusammenknickt,
wird er von einer Frau erblickt.
Sie bietet dem so alten Mann
froh lächelnd ihren Sitzplatz an.
Doch das Lächeln dieser Frau
trifft den Knacker haargenau
mitten in sein Mannesherz,
und trotz Müdigkeit und Schmerz
erwacht in ihm der Kavalier,
»Oh danke sehr, ich stehe hier
an dieser Stelle noch ganz gut«
- dabei steigt ihm zu Kopf das Blut -
und dankbar denkt er, im Gewühl
der Stadt gibt's doch noch Mitgefühl.

RAKETE

Ein alter Knacker war als Kind
sehr neugierig, wie Kinder sind.
Er trieb sich rum in allen Ecken,
nichts konnte man vor ihm verstecken.
Auch drumherum und außer Haus
kannte er sich bestens aus.
Er ging zu Fuß, so weit er konnte,
so dass er früh sich darin sonnte,
mit seinem durch die Gegend wandern
mehr zu kennen als die andern.
Mit Roller, Fahrrad, Eisenbahn,
mit Auto, Schiff und Aeroplan
kreist er wie tausend wilde Pferde
rund um die wunderschöne Erde.
Bis er am streng geheimen Ort
in eine Rakete geht an Bord,
die ihn in ferne Welten schießt.
In diesem Raumschiff er genießt
Galaxien, Milliarden Sonnen,
die aus unendlich vielen Bronnen
neu entstehen, explodieren
und in den Weltraum eskalieren.
Der Neugier-Knacker ist beglückt,
der Mutter Erde ganz entrückt.
Sein bittres Ende kam dann doch:
Es schluckte ihn ein Schwarzes Loch.

Mindest-Haltbarkeit

Ein alter Knacker hat geparkt
sein Auto vor dem Supermarkt.
Den Einkaufswagen, noch ganz leer,
schiebt er gelassen vor sich her
und hält so manchen Gegenstand
sehr kritisch prüfend in der Hand,
nimmt sich auch immer reichlich Zeit,
zu prüfen dessen Haltbarkeit
und erst, wenn dieser Aufdruck stimmt,
er die Ware an sich nimmt.
Da fällt ihm plötzlich etwas ein!
Das kann doch wohl nicht richtig sein:
Für all das Zeug's gibts Garantie -
für einen Menschen aber nie.
Obwohl er doch der Schöpfung Krone,
beginnt er sein Leben gänzlich ohne
Garantie für Lebenszeit.
Wenn sowas nicht zum Himmel schreit!
Da ist doch etwas nicht im Lot:
So manches Menschlein kommt schon tot
aus dem Mutterleib heraus,
erlebt nichts von dem Weltgebraus.
Wer lebend diese Welt erblickt,
wird unterschiedlich weggeschickt.
Von einem Tag bis hundert Jahre
geht's von der Wiege bis zur Bahre.
Keiner weiß es ganz genau,
der Termin bleibt nebelgrau.
Der alte Knacker denkt erschauert,
als Dose wüsst ich, wie lang es dauert.

Autoliebe

Ein alter Knacker geht sehr schwer
und liebt sein Auto um so mehr,
weil es, wenn er es durch die Gegend lenkt,
ihm schmerzlose Bewegung schenkt.
Sonst tut ihm runter bis zum Zeh
beim Laufen jedes Schrittlein weh.
Kein Wunder, dass aus Dankbarkeit
der Knacker Stunden seiner Zeit
zur Pflege seines Autos nutzt
und es von vorn bis hinten putzt.
Dies macht er lächelnd, herzbewegt;
derselbe, der sonst aufgeregt
gegen die liebe Frau agiert,
wenn sie ihn manchmal engagiert.
Öfters, wenn er das Auto putzt,
steht seine Frau, ganz unbenutzt,
am Fenster und erlebt frustriert,
wie er sein Auto zart poliert.
Wann hat er, fragt sie, mich gestreichelt,
mit einem lieben Wort geschmeichelt?
Es quält sie die Erkenntnis schwer:
Es ist schon lange, lange her!

Weltraum-Angst

Ein alter Knacker spürt die Lust
nach Weltraum-Fernen in der Brust.
Schon als Kind war das Gewimmel
über ihm am Sternenhimmel
etwas, was ihn sehr bewegte,
seine Phantasie erregte,
jetzt, im Alter, er verschlingt
alles das, was Neues bringt
über unbekannte Sonnen.
So erlebt er Weltraum-Wonnen.
Doch ein Gedanke reizt ihn sehr:
Ob wohl in diesem Sternen-Meer
andre Lebewesen hausen,
durch das weite Weltall sausen?
Räuberische Ungeheuer
voller Gier auf Abenteuer?
Doch die Erde, gut versteckt,
wird von ihnen nicht entdeckt.
Ob's da sinnvoll, denkt er richtig,
dass wir nehmen uns so wichtig,
ständig in den Weltraum funken,
bis uns diese Raum-Halunken
eines Tages doch noch finden
und unsre Welt zu Tode schinden?
Bei dem Gedanken schüttelt sich
der alte Knacker fürchterlich.
Dann denkt er an die Ewigkeit,
und inn're Ruhe macht sich breit:
vielleicht wird dieses Stelldichein
erst in Millionen Jahren sein.

Ausweislos

Ein alter Knacker in der Stadt
gar vielerlei zu kaufen hat.
Schließlich wankt er, vollbeladen,
aus dem allerletzten Laden,
dreht sich wirbelnd im Kreise rum
und fällt vom Schlag getroffen um.
Man holt schnell einen Arzt herbei,
der legt des Knackers Brustkorb frei
und stellt mit allzuschnellem Test
des alten Mannes Tode fest.
Wie heißt er wohl? Wo kommt er her?
Doch Knackers Taschen, die sind leer.
Und so wird er ungeniert
ins Leichenschauhaus transportiert.
Wie es üblich ist in diesem Haus
zieht man ihm die Kleidung aus,
legt ihn auf eine Bahre, flach,
schiebt ihn in ein gekühltes Fach.
Am großen Zeh baumelt ein Band,
darauf steht: »Männlich, unbekannt.«
Doch wenig später, in der Nacht,
ist der Knacker aufgewacht.
Er sieht nur Dunkelheit und fühlt,
dass er ganz nackt und tiefgekühlt.
Prüfend tasten seine Hände,
doch er fühlt nur Wände, Wände.
Da brüllt er Angst aus sich heraus,
laut schallt es durch das Totenhaus.
Ein Wärter kommt, zieht auf das Fach
und findet einen Toten - wach -.
Der Knacker wurde warm gebettet,
sein Leben noch einmal gerettet.
Er wusste nun, dass ausweislos
der Mensch ein unbekanntes Etwas bloß.

SPATZENFREUNDE

Ein alter Knacker sieht zwei Spatzen,
wie sie die Brötchenkrümel schmatzen,
die er ihnen, wie täglich, auch heut
mit großer Freude hingestreut.
Sitzt er auf der Bank im Garten,
braucht er niemals lang zu warten,
bis die Kleinen, putz und munter,
fliegen von den Bäumen runter
und mit drollen Hüpfeschritten
ihn um Brötchenkrümel bitten.
Darauf sind sie ganz versessen.
Hat er sie einmal vergessen,
dann schauen sie ihn wissend an,
dass solch ein ziemlich alter Mann
leidet zu mancher Tageszeit
des öftern an Vergesslichkeit,
flattern verständnisvoll die Flügel
und nehmen es ihm gar nicht übel.
Die Spatzen sind erkenntnisschlau
und wissen jetzt schon ganz genau:
Nach des Knacker's Gedächtnis-Pause
gibt's doch wieder eine Jause.

Ich

Ein alter Knacker weiß sehr gut,
dass, wenn ein Auge auf ihm ruht,
jedes Auge ihn anders sieht.
Und deshalb ist's ein Unterschied,
wenn Müllers oder Meiers wagen,
etwas über ihn zu sagen.
Ein jeder malt ein andres Bild
von ihm - und keines davon gilt
für alle, die ihn kennen
und ihn den alten Knacker nennen.
Der Knacker grinst, nur er allein
kennt alle seine Innerein.
Von seinem Tun, von seinem Lassen
kann jeder nur Teile erfassen.
Der Knacker strahlt vor Freud und List:
Sein Ganzes sein Geheimnis ist.

Alzheimer

Ein alter Knacker weiß nicht mehr,
wo er wohnt und wer er ist.
Er lebt in einem Nebelmeer,
in dem er alles schnell vergisst.
Die eigne Frau versteht ihn nicht,
weil er nur Verwirrtes spricht.
Die Nachbarn schütteln nur den Kopf
und denken, dieser arme Tropf
hat doch vom Leben gar nichts mehr,
er macht es seiner Frau nur schwer.
Der alte Knacker spürt das nicht.
Ein feines Lächeln im Gesicht
verrät, dass ihm die Nebelwelt,
die ihn vom Irdischen befreit,
ganz besonders gut gefällt,
viel besser als die Wirklichkeit.

Genugtuung

Ein alter Knacker schrecklich findet,
dass er es niemals überwindet,
schon viele Jahre auszuruhn
und nichts Besonderes zu tun.
Wie schön, als er noch tätig war,
da freute er sich Jahr für Jahr
auf den so nahen Ruhestand,
der ihm als Lebenswunderland
in seinen Träumen stets erschien,
in dem vieltausend Blumen blühn.
Doch nun ist er total erschreckt,
als er so nebenbei entdeckt,
dass er, bis auf ein paar Reisen,
nichts weiteres hat aufzuweisen.
Der Ruhestand, der langweilt ihn.
Er hat der Firma nie verziehn,
dass sie ihn einfach so entlassen
und kann's bis heute noch nicht fassen,
dass der Betrieb läuft weiter gut,
obwohl er nichts mehr für ihn tut.
Aus dieser Trübsal ihn befreite
die Nachricht: Der Betrieb ist pleite.

Strandgut

Ein alter Knacker sitzt am Meer,
vergisst die Welt rings um sich her.
Er erlebt wie schnell und schnelle
auf ihn zuschäumt Well' um Welle.
Sieht ein zartes Wellenband
sanft zerrinnen in den Sand.
Mit dieser Welle, ganz zerwühlt,
wird ein Püppchen angespült.
Der Knacker nimmt es in die Hand
und fragt, aus welchem fremden Land
kommt wohl dieses Püppchen her?
Vielleicht versank ein Schiff im Meer?
Als letzter Gruß aus Kindeshand
kam dieses Püppchen an den Strand.
Doch es könnt auch anders sein.
Vielleicht fiel's nur ins Wasser rein,
und das Kind wartet nun sehr,
bis Püppchen kommt zurück vom Meer.
Der Knacker bringt's nach Kallibo
auf das Meeres-Fundbüro.

Dünger

Ein alter Knacker fühlt genau,
so fühlt auch seine liebe Frau:
Wird man alt und immer älter,
wird die Umwelt immer kälter.
Freunde gibt's kaum in der Not,
denn die meisten sind schon tot.
Und die Kinder, die noch leben
nehmen lieber, als zu geben.
Es gilt nur der, der jung und jünger -
wer alt ist, wird zum Friedhofdünger.

Sanfter Tod

Ein alter Knacker weiß, der Tod
erlöst nicht nur aus Leidensnot.
Er nimmt auch öfters, schnell und keck,
einen gesunden Knacker weg.
Ja, der Tod ist ein potenter
Planerfüller. Sein Kalender
ist vollgestopft mit Sterbedaten.
Mancher erlebt ihn nur auf Raten,
muss endlos lange, schmerzensreich,
warten auf den letzten Streich.
Den andern holt er, putz und munter,
per Herzschlag von den Beinen runter.
Doch das ist jedes Menschen Qual:
Die Todesart steht nicht zur Wahl.
Wie wär' das schön, ein sanfter Tod
im Supermarkt, als Angebot -
und räumte selbst ein Milliardär
alle seine Konten leer,
er könnte damit nicht erwerben
das so begehrte sanfte Sterben.
Und dieses ist wohl weltenweit
die einzige Gerechtigkeit.

Lebenszeit

Ein alter Knacker, schon fast hundert,
hat sich sowieso gewundert,
dass er so von Jahr zu Jahr
auf einmal richtig uralt war.
Doch fragt er sich, was soll das Leben
in diesem Alter mir noch geben?
Da liest er, dass zu Christi Zeiten
die Menschen wurden nicht bei weitem
so alt wie heute. Zweiundzwanzig
der Lebensdurchschnitt damals war,
was drüber währte, wurde ranzig.
Ganz alte Leute waren rar.
Im Mittelalter lag der Schnitt
bei 40 Jahren und damit
lebte man gar lange Zeit,
bis schließlich als Neuigkeit
die Medizin den Menschen schwängert
und sein Leben stark verlängert.
Ein Mensch, der könnte heut' auf Erden
schon 120 Jahre werden.
Der Knacker freut sich, Gott ergeben
auf weitre 20 Jahre Leben.

Verantwortung

Ein alter Knacker denkt daran,
wie sein Vater als junger Mann
sich über seine Mutter beugte
und ihn, den Knaben, lustvoll zeugte,
obwohl der Vater wissen sollte,
ob er, der Knabe, dies auch wollte.
Nach des Lebens Müh und Plage
stellt der Knacker jetzt die Frage,
ob die Kinder dies auch wollen,
dass sie auf Erden leben sollen.
Weil doch die Vermehrerei
allein die Schuld der Eltern sei
und die Kinder gnadenlos
gezeugt werden in Mutters Schoß.
Nun sieht der Knacker, reichlich spät,
Schuld ist die Sexualität.
Es sind im Mann die Samenfädchen,
die drehen an dem Lebensrädchen
und wecken, dem Manne unbewusst,
in ihm die große Sinneslust.
Die Fädchen drängen raus zum Leben,
dem Ei der Mutter gilt ihr Streben.
Mann und Frau sind Werkzeug nur
der lebenwollenden Natur.
Da Eltern nur das Werkzeug sind,
haben sie keine Schuld am Kind.

Pinkelstellen

Ein alter Knacker tut sich schwer
mit seiner Blase, sie drückt oft sehr
gerade dort, wo kein WC
und er stöhnt herjemineh.
Und weil die Blase weiter drückt,
sucht er verzweifelt, fast verrückt
nach einem Plätzchen, wo er kann.
Da kam der druckgeplagte Mann
auf die Idee, sich in der Stadt,
die nicht viel Öffentliche hat,
Pinkelstellen auszumachen,
damit er mit der überschwachen
Blase jederzeit und überall
loskriegt seinen Wasserschwall.
Das klappte eine Zeitlang gut
und machte ihn recht wohlgemut.
Doch eines Tages, die Blase voll
eilt er tapfer, hoffnungsvoll
zu einem seiner Plan-WC,
das nahgelegne Stadt-Café.
Dort erblickt er, sehr verdrossen
ein Plakat: Heute geschlossen.
Und da ging die ganze Chose
dem armen Knacker in die Hose.

Depression

Ein alter Knacker: Heute
bin ich noch für alle Leute
bewundernswert in guter Form.
Und jeder sagt: Das ist enorm!
Doch komm' ich einst dahergehumpelt,
die Freundesschar gar schnelle schrumpelt.
Statt der Bewunderung gibt's Spott,
und schließlich bin ich nur noch Schrott,
den man völlig ungerührt
am besten gar nicht mehr berührt.

Kleines Glück

Ein alter Knacker, temporeich
empfindet er den Zeitablauf.
Man wird fast in den Knien weich -
so flott geht's runter, geht es rauf.
Unheimlich schnell eilt fort die Zeit.
Ringsum ist keiner mehr bereit,
musisch und verträumt zu sein,
schlürft laufend Neuigkeiten ein,
vor allem von der harten Sorte,
Unglücksfälle, tolle Morde.
Der Knacker liebt sein eignes Reich:
Ein stiller Garten, ein kleiner Teich,
darin viele Welten leben
und ihm Unterhaltung geben.
Fern von Glitzer und Glamour
freut er sich an der Natur.
Das Weltgetöse lässt ihn kalt -
so wird er hundert Jahre alt.

Pilze

Ein alter Knacker liebt Pilzgerichte.
Es werden daraus Pilzgedichte,
wenn er an seinem Küchenherd
sie zubereitet, unbeschwert.
Sie schmecken ihm besonders gut,
weil er sie selber sammeln tut.
Die Müh', die damit stets verbunden,
lässt Seele, Geist und Herz gesunden.
Das Pilzesammeln, früh im Wald,
weitab von Stadtlärm und Asphalt,
sagt er, erweckt des Jägers Lust in mir
und sowas wie die Urmensch-Gier,
die den Nomaden trieb durchs Land,
bis er die nöt'ge Nahrung fand.
Und fand er nichts in Wies und Wald,
verhungerte der Mensch alsbald.
Doch heut der Mensch per Auto parkt
zum Nahrungskauf vorm Supermarkt.
Dort füllt er schnell und warentoll
den großen Einkaufswagen voll.
Um zu begreifen dieses Glück,
genügt dem Knacker der Blick zurück
in diese trübe Urmenschzeit -
und er ist voller Dankbarkeit.
Mit diesem Denken, das sieht er ein,
steht er in dieser Welt allein.

Millionär

Ein alter Knacker hat gespielt
im Toto-Lotto und bald hielt
er drei Millionen in der Hand.
Da war er außer Rand und Band!
Jetzt bin ich endlich Millionär!
Nun muss erst mal ein Auto her,
nach dem sich jeder dreht herum,
dann habe ich mein Publikum.
Er kauft den Schlitten, zahlt in bar,
dann will er noch in diesem Jahr
in einer Luxus-Villa wohnen,
wie sich's gehört, wenn man Millionen
auf seinem Konto liegen hat.
Er sieht sich um in seiner Stadt.
Als er den Preis hört von dem Haus,
da ist's mit seiner Wonne aus.
Fünf Millionen soll es kosten,
dazu kommt noch ein weitrer Posten
in Millionenhöhe für's Mobiliar.
Nun wurde es dem Knacker klar:
Weil noch fehlt die Hochseeyacht,
ausgestattet mit voller Pracht
und noch vieles andre mehr,
dass man als Dreifach-Millionär
unter den Großen, welch' ein Schreck,
nichts weiter ist als letzter Dreck.

Hochmut

Ein alter Knacker, sehr verwöhnt,
der alle Menschen stets verhöhnt,
die nicht, wie er, so superreich
geworden sind, weil sie zu weich.
Dieser Knacker liegt erster Klasse
im Krankenhaus. Seine Grimasse
faucht auch dort nur Hochmut aus.
Er hat Gewächse in der Blase,
rümpft verächtlich seine Nase
und meint, das muss ein Irrtum sein,
dass er erleidet solche Pein.
Wenn schon, verlangt der Wohlstands-Sohn
eine Luxusoperation.
Er wird, obwohl er sich sehr sträubt
vom Nabel abwärts voll betäubt.
Nach obenhin, ganz ohne Schmerz
ist er bereit zu Spott und Scherz.
Während der Arzt in der Blase wühlt,
verschlingt er Kaviar, leicht gekühlt,
und mit der Schwester, die er neckt,
schlürft er dazu ein Gläschen Sekt.
Ohne Weh und ohne Schrei
geht die Operation vorbei.
Zwei Schwestern, liebevoll und nett,
bringen den Knacker in sein Bett.
Doch in der Nacht ein Bluterguß
macht schnell mit seinem Leben Schluss.
Dann plumpst er in die Hölle heiß
schmilzt dort - hochmutbewusst - zu Edelschweiß.

Liebesfeuer

Ein alter Knacker ist perplex,
es klappt nicht mehr mit seinem Sex.
Jahrzehntelang lief alles gut,
doch nun erlosch die Liebesglut.
Doch das geschah nicht über Nacht,
es ging behutsam, sanft und sacht.
Der Knacker ist nicht mal verdrossen.
Schließlich hat er sehr genossen
das Liebesfeuer, als es noch brannte
und er nach vielen Frauen rannte.
Jetzt liegt er manchmal wach im Bett,
liest, wie von einem Anschlagbrett
die unvergess'nen, vielen Namen
der von ihm geliebten Damen.
Ja, er fragt sich, wieviel Stück
verhalfen mir zum Liebesglück?
Doch das Zählen wird zur Qual,
denn die von ihm erhoffte Zahl
reicht nicht, obwohl er kein Eunuch,
zum Weltrekord im Guiness-Buch.

Pechvogel

Ein alter Knacker, spät gereift,
noch einmal nach den Sternen greift.
Er tat dies öfters schon im Leben;
doch jedesmal griff er daneben.
Schon einhundertunddreißigmal
erlitt er diese Seelenqual.
Sobald er dieses festgestellt,
verkündet er's der ganzen Welt.
Die Presse schreibt: »Das ist Rekord!«
Bald meldet sich aus einem Ort
in USA ein Milliardär,
der gibt rund zehn Millionen her.
Und Knackerchen bekommt das Geld
als größter Pechvogel der Welt.

Moderne Kunst

Ein alter Knacker nimmt ein Brett.
Mit einer Handvoll zähem Fett
klebt er ein weit'res Brett daran
und als kreativer Mann
legt er dazu - als letzten Schrei -
ein rohes weißes Hühnerei.
In einer lang durchwachten Nacht
hat er dieses Werk vollbracht.
Er bricht sich seinen Kopf entzwei
und nennt's ergriffen »Zweibrettei«.
Die Kunstwelt schreit begeistert auf:
»Dies Werk ändert der Welten Lauf!«
Als neuer Stil geht's um die Welt -
Mäzen und Knacker scheffeln Geld.

An Bord

Ein alter Knacker, ganz allein,
fast ohne Freunde, keine Erben,
kauft sich auf einem Kreuzschiff ein,
darauf zu leben und zu sterben.
Er tut es gern und sehr bald kennt
er gründlich jeden Kontinent.
Sein Schiff wird ihm zum Heimatort,
drei Ärzte sind stets mit an Bord.
Das gibt ihm Ruh' und Sicherheit.
Toll ist's auch mit der Essenszeit:
Ab morgens, wenn er aufgewacht,
bis zum Buffet um Mitternacht
sind viele Tische reich gedeckt
mit allem, was er gerne schleckt.
Sehnt er sich nach Geselligkeit,
so findet er sie jederzeit.
Drei Jahre reist er nun schon so
und ist dabei des Lebens froh
und knallighart steht für ihn fest,
dass er das Schiff nie mehr verlässt.
Doch eines Tages kommt an Bord
ein neuer Passagier-Import.
Und abends sitzt an seinem Tisch
- sehr attraktiv, verführerisch -
eine Frau mit Wimpernfächeln,
einem zauberhaften Lächeln
und schaut den Knacker prüfend an.
Der vom Blick getroff'ne Mann
fühlt, wie sein Atem plötzlich stockt,
dass dieses weiblich Wesen lockt
ihn vom Kreuzfahrtschiff herunter.
So kommt es auch. Froh und munter
und ohne jeden Widerstand
zieht sie ihn auf das grüne Land.

Begegnung

Ein alter Knacker gerne geht
im Park spazieren. Plötzlich steht
der Tod vor ihm. Sie schaun sich an.
Der Knacker ahnt, jetzt bin ich dran.
Da er jedoch noch lebensmunter,
schluckt er den Schreck erstmal hinunter,
begrüßt den Tod mit Freundlichkeit,
und fragt ihn, ob er wohl etwas Zeit
für einen Bummel mit ihm habe
und denkt, bis der mich bringt zu Grabe,
will ich noch etwas Zeit gewinnen,
vielleicht sogar ihm ganz entrinnen.
Der Tod sagt Ja. So wandern beide
still und langsam durch Wies und Heide.
Der Knacker merkt, der Tod ist kalt,
aus seinen Knochen, aus jedem Spalt
strömt's frostig raus, wie Schnee und Eis.
Der Knacker weiß, mein Blut ist heiß.
Er nimmt den Tod fest in den Arm
und spürbar wird der Kalte warm.
Er kehrt zurück ins volle Leben,
ist hocherfreut und dankergeben.
Ja, der Knacker wird im Nu
mit dem Gevatter Tod per Du.
So hat er ganz aus eigner Kraft
den Tod aus dieser Welt geschafft.